AF189204

Zum Inhalt der Erzählung:

Eddie sitzt Tag für Tag auf seiner Decke und schaut den vorbeieilenden Fahrgästen hinterher.
Sein Entschluss steht fest. Für das, was er getan hat, muss er büßen. Auf ewig.
Als der Junge Jeremy in sein Berliner Bahnhofsleben tritt, nehmen die Dinge jedoch nach und nach einen unvermuteten Verlauf...

Zur Autorin:

Marie Meerberg schreibt nebenberuflich unter Pseudonym und lebt mit ihrer Familie in Berlin.

'UnGlücksbringer' ist ihre erste Veröffentlichung (siehe auch www.mariemeerberg.de).

Marie Meerberg

UnGlücksbringer

Eine Erzählung aus Berlin

Bibliografische Information der Deutschen Nationalbibliothek:
Die Deutsche Nationalbibliothek verzeichnet diese Publikation
in der deutschen Nationalbibliografie, detaillierte bibliografische Daten sind im Internet über http://dnb.dnb.de abruf-
bar.

©2017 Marie Meerberg
Herstellung und Verlag:
BoD - Books on Demand, Norderstedt

ISBN: 9783744897297

Jeder Mensch hat sein eigenes Schicksal, weil jeder seine eigene Art zu sein und zu handeln hat.

Johann Gottfried von Herder (1744 - 1803), deutscher Kulturphilosoph, Theologe, Ästhetiker, Dichter und Übersetzer

Für meine wunderbare Familie. Ich bin froh und dankbar, dass ich Euch habe.

Für meine Freundinnen und Freunde.
Schön, dass es Euch gibt.

Für "Eddie"

1

Er zitterte leicht. Es war arschkalt in seinem Zimmer. Frieda lag dicht an ihn gekuschelt. Das war wenigstens etwas. Ohne Frieda hätte er sich schon lange aufgegeben. Sie gab ihm das Gefühl, nicht alleine zu sein. Auch Frieda liebte die Muße und leistete ihm Gesellschaft, wenn er den Tag verweigerte. Als er neulich jedoch bis in die späten Nachmittagsstunden nicht aufstehen wollte, hatte sie ihm die Decke weggezogen. Es blieb ihm quasi nichts anderes übrig, als aus dem Bett zu steigen und sich anzuziehen. Na gut. Frieda wusste, was gut für ihn war. Er liebte sie. Mit ihr würde er weiter durchhalten und sein Leben ertragen.

2

Die Kälte war noch extremer geworden. Nachts durchgehend Minusgrade. Frieda wollte am liebsten den ganzen Tag in der Wärme bleiben. Das ging natürlich nicht. Schließlich hatte sie Dinge zu erledigen, die sich nicht aufschieben ließen. Er begleitete sie, weil er sie nicht alleine laufen lassen wollte. Sie hing an ihm und er an ihr. Zu zweit waren sie wenigstens nicht einsam. Einsamkeit war schrecklich. Da kamen immer so traurige Gedanken. Sie kreisten im Kopf herum und hämmerten im Hirn. Ließen einen nicht los. Die konnten einen verrückt machen. Wenn er nicht mit Frieda spazieren ging, zog es ihn zu seinem Lieblingsort. Da war Ablenkung. Da bewegte sich was. Da waren Menschen. Die taten das, was er zur Zeit nicht konnte. Sie gingen ihren täglichen Verpflichtungen nach. Für ihn war es am erträglichsten, einfach nur dazusitzen. Abzuwarten. Zu beobachten. Und Geld brauchte er natürlich auch.

Die Leute, die täglich an ihm vorbei liefen, ließen sich durch ihn nicht stören. Nur wenige nahmen ihn überhaupt wahr. Und das schon zu normalen Zeiten. Momentan sahen sie alle noch beschäftigter aus als sonst. Das hing mit dem morgigen Tag zusammen. An dem die Hektik der Welt für einen kleinen Moment, wie mit einem unsichtbaren Hebel, abgestellt wurde. An dem Frieden herrschen sollte auf Erden. Und selbstverständlich eine feierliche Stimmung. Was für ein Quatsch. Man konnte traurige

Gedanken nicht einfach hinter bunten Kugeln verstecken. Oder in Geschenkpapier einwickeln. Es würde so werden wie immer in den letzten beiden Jahren. Er würde sich von seinem Mützengeld eine Flasche Doppelkorn kaufen und in die hochprozentige Höhle des Vergessens abtauchen.

3

Er schaute auf die vorbeihastenden Passanten. Wie gewohnt waren alle in Eile. Das neue Jahr hatte begonnen. Jeder rannte seinen guten Vorsätzen hinterher. Keiner hatte Zeit, ihn anzuschauen. Warum auch. Er war nicht das, was man als Hingucker bezeichnen würde. Im Gegenteil. Rote Augen, aufgedunsene Haut, ungepflegte Haare. Aber das war ihm egal. So wie ihm sein ganzes Leben egal war. Seit diesem einen Tag.

Er fühlte eine leichte Unruhe in sich aufsteigen. Bene hatte sich noch nicht blicken lassen. Das war merkwürdig. Eigentlich war der Bursche zuverlässig. Meist kam er nach der Arbeit bei ihm vorbei. Er war ein guter Freund, der sich um ihn kümmerte. Das taten nur wenige. Klar. Wer war er denn noch, dass jemand ein Interesse an ihm haben könnte? Er war ein Unglücksbringer. Verdiente es, links liegen gelassen zu werden. Es machte ihm nichts aus. Er hatte Frieda und Bene. Mehr brauchte er nicht.

Vielleicht noch Hans. Der war auch für ihn da. Allerdings nur, wenn er zu ihm ging. Und dazu hatte er selten Lust. Wenn er zu Hans wollte, musste er einen weiten Weg laufen. Außerdem war es nicht übermäßig gemütlich bei Hans. Aber wenigstens warm.

Plötzlich sah er einen blonden Haarschopf auf sich zukommen. Bene hatte ihn doch nicht vergessen.

"Hier mein Guter...hab' dir was mitgebracht!" Das tat Bene fast immer. Eine der wenigen Sachen, auf die er sich freuen konnte. Zu Weihnachten hatte Bene ihm einen riesigen Kuchen geschenkt. Mit Äpfeln, Walnüssen und Zimt. Der hatte für eine ganze Woche gereicht. Ihm lief jetzt noch das Wasser im Munde zusammen. Heute war es nur eine kleine Tüte, die Bene für ihn gefüllt hatte. Aber sie roch sehr verführerisch.

"Na? Wie war denn dein Tag so?" erkundigte

sich Bene und setzte sich zu ihm auf die Decke.
"Viel los!" antwortete er.
"Und? Einnahmen gut?"
"Nein", antwortete er, "Nicht gut."
Es war ein schlechter Tag gewesen.

4

Er sah den vorbeilaufenden Passanten hinterher. Ganz selten nickte ihm einer zu, der ihn
kannte. Weil er quasi zum Inventar gehörte. Er
saß schließlich seit Monaten jeden Tag auf dem
Plateau im Bahnhof. Genau an dieser Stelle. Direkt an der Treppe. Wo es trocken war und
kaum zog.
Er hatte Hunger. Wo blieb eigentlich Bene? Sein
junger Freund war Bäckerlehrling. In der Bäckerei blieben oft Sachen übrig. Am Tag nach dem
Vortag war der Verkauf noch erlaubt. Danach
nicht mehr. Dann mussten sie entsorgt werden.
Dafür war Bene zuständig. Er musste alles in einen Container werfen. Das tat er auch. Fast jedenfalls. Einen kleinen Teil zweigte er ab. Nur
erwischen lassen durfte er sich nicht dabei. Es
war nämlich verboten, etwas für sich selbst zu

behalten.

„Das ist geschäftsschädigend!" meinte der Chef. „Totaler Quatsch!", fand Bene, „Merkt doch eh keiner, wenn weniger im Container landet. Und warum sollen wir beide nicht davon satt werden?"

Bene war noch keine zwanzig. Sein Traum war es, irgendwann genug Geld für einen eigenen Laden auf einer Südseeinsel zu haben. Er liebte die Wärme. Und den Umgang mit Teig und Süßwaren. Besonderen Spaß machte es ihm, neue Kreationen zu erfinden. Süß, bunt, cremig, außergewöhnlich. Das hatte ihm der Chef aber verboten.

„Die Kunden wollen das kaufen, was sie gewohnt sind."

Bene war anderer Meinung. Deshalb brauchte er etwas Eigenes. Um sein Ziel möglichst schnell zu erreichen, spielte er Lotto. Jede Woche Samstags. Immer die gleichen sechs Zahlen. Ohne Extras. Nur den einen Tip. Bene hatte schon mal drei Richtige gehabt. Weil das gefeiert werden musste, brachte er Bier zum Bahnhofsplateau. Dann hatten sie zusammen angestoßen. „Auf die drei Richtigen. Und auf die Sechs, die bald kommen werden."

14

Bis es soweit war, hatte Kumpel Bene Plan B
entwickelt. Hierbei spielte er eine wichtige
Rolle. Wegen seines Standorts. Weil der so
schön zentral war, wie Bene sagte.
„Das ist genau richtig für Plan B", stellte Bene
zufrieden fest, „du bist so dermaßen sichtbar,
dass du nicht wirklich wahrgenommen wirst".
Das war richtig. Jeden Tag liefen tausende von
Leuten an ihm vorbei, ohne ihn wirklich zu be-
merken. So schien es ihm jedenfalls.

5

Dieser Junge war nett. Vor ein paar Tagen hatte
er sich neben ihn gesetzt. Einfach so.
"Was machst du hier?", hatte er gefragt.
"Warten", war seine Antwort gewesen. Fast
ruppig. Ohne dass er es eigentlich wollte.
"Aha." Der Junge dachte einen Moment nach.
"Hast du kein Zuhause?"
Diese Frage musste ja kommen.
"Natürlich!"
Kurz und bündig. Hoffentlich bohrte der Kleine
nicht weiter.
"Aha."

Erneute Pause.

"Ich auch."

Alles andere hätte ihn auch gewundert. Der Junge machte einen recht ordentlichen Eindruck.

"Aber da ist erst abends jemand."

"Mhh."

"Ich bin den ganzen Tag allein – nach der Schule meine ich."

"So, so."

"Mein Name ist Jeremy. Jetzt muss ich aber gehen. Morgen komme ich wieder!"

Er nickte und sah dem Jungen hinterher. Eine tiefe Trauer überkam ihn. Jeremy erinnerte ihn an jemanden. Und das tat weh. Sehr sogar. Er spürte, wie sich sein Hals zuschnürte und die Augen zu schmerzen begannen. Nein, nein, nein. Er drehte sich zu Frieda und vergrub sein Gesicht in ihrem Fell. Er hatte sich entschieden und dabei blieb es.

6

Jeremy kam jetzt jeden Tag. Er hatte sich fast schon an ihn gewöhnt und seine Traurigkeit ganz gut im Griff. Der Junge warf ihm regelmäßig ein paar Münzen in die Mütze. Natürlich konnte er jeden Cent an Einnahmen brauchen. Schließlich hatte er keinen Job mehr. Wie denn auch. Ging einfach nicht. Nicht nach damals. Trotzdem schämte er sich. Almosen von einem Kind. Wie tief war er gesunken.
"Ich bekomme sehr viel Taschengeld!", versicherte Jeremy ihm. "Meine Eltern sind reich."

Plan B war angelaufen. Er hatte nun eine Aufgabe. Da kam neuerdings dieser Typ mit der abgeranzten Lederjacke und den fettigen, nach allen Seiten abstehenden schwarzen Haaren zu seinem Standort. Er musste dann etwas entgegen nehmen. Ein kleines Päckchen. Der Typ legte es ihm in seine Mütze, die neben seinen Füßen lag. Es war stets in einen Zehn-Euro-Schein eingewickelt. Der war für ihn. Als Provision. Damit kam er einen ganzen Tag lang hin und konnte sogar noch etwas Leckeres für Frieda besorgen. Ab und an, wenn er etwas angespart hatte, leistete er sich eine Currywurst.

Mit scharfem Ketchup. Das war dann ein Fest für ihn. Auch wenn es ihn sehr traurig machte, dafür zwielichtige Dienste leisten zu müssen. Dass er soweit abstürzen würde, hätte er noch vor drei Jahren nicht für möglich gehalten.

Tja – aber da war die Welt ja auch noch voller Sonnenschein.

Der Typ kam meistens am späten Vormittag. Wenn wenig los war. Und keinem auffiel, dass ein abgewrackter Typ einem Penner zehn Euro in die Mütze warf. Am frühen Nachmittag, nach seinem Feierabend, tauchte dann Bene auf. Setzte sich neben ihn. Plauderte ein Weilchen mit ihm. Gab ihm Kuchen- und Brotreste. Zum Schluss wickelte Bene stets unauffällig das kleine Päckchen in die geleerte Papiertüte und zog danach ab.

Was da täglich übergeben wurde, wusste er nicht genau. Bene sprach von "Stoff". Natürlich war ihm klar, dass es etwas Illegales war. Aber das durfte ihn nicht interessieren. Außerdem war er nur der Verteilerposten. Und er brauchte das Geld. In seiner Situation waren Moral und Anstand zu kostspielig. Von irgendwas musste er schließlich leben. Ein gutes Gefühl war 'was

anderes. Aber was blieben ihm für Möglich-
keiten? Der alte Job ging *gar* nicht mehr. Den
hatte er sich verboten. Und für einen neuen
fehlte ihm die Kraft.

Wichtig war ihm nur, dass Jeremy von der ganzen Aktion nichts mitbekam. Das wollte er auf
keinen Fall. Schließlich war er noch ein Kind.

7

Er strich Frieda über den Kopf. Sie war wieder
bei ihm. Der Typ hatte sie sich ausgeborgt und
ihm dafür Ernie dagelassen. Damit das übliche
Bahnhofsbild erhalten blieb. Frieda musste
etwas herausfinden. Sie hatte das bei der Polizei
gelernt. Bevor sie in den Ruhestand geschickt
und von ihm aufgenommen worden war.

"Du kriegst sie nach zwei Tagen wieder!",
meinte der Typ.

"Da springt ein Hunni für dich raus!".

Da hatte er eingewilligt. Frieda war klug. Sie
wusste, wo sie hingehörte. Aber auch, was zu
tun war, wenn etwas getan werden musste. Er
hatte ihr alles erklärt. Und ein Leckerli zur Be-
lohnung versprochen.

8

Zwei Euro zweiunddreißig. Da hatte ihm doch tatsächlich jemand ein Zweicentstück gegeben. Unglaublich. Natürlich – das war auch Geld. Aber nicht viel. Er seufzte. Wie sollte er jetzt das Essen für Frieda und sich selbst bezahlen? Bene war krank und fiel als Versorger aus. Plan B lag auf Eis. Der Typ hatte sich seit mehreren Tagen nicht blicken lassen. Vielleicht hatten sie ihn erwischt.

Er überlegte. Ein Brot kostete mindestens 1,39 €. Blieben 93 Cent übrig. Es half alles nichts. Er würde noch länger bleiben und auf eine Glückssträhne warten müssen. Manchmal kam sie schneller als man dachte. Neulich zum Beispiel. Da waren ein paar Asiaten vor ihm stehen geblieben. Alle mit großen Fotoapparaten und noch größeren Objektiven. Sie hatten ihn neugierig betrachtet. Ein paar Bilder gemacht. Bevor sie weitergegangen waren, hatte ihm eine Frau einen 20-Euroschein zugesteckt. Das war ungewöhnlich gewesen. Und wunderbar. Er hatte an diesem Tag seine Arbeit sofort beendet und war mit Frieda zur Imbissbude gelaufen. Sie bekam eine Wiener im Brötchen.

Er nahm die Festtags-Currywurst. Und eine Flasche Wodka. Es war schliesslich immer noch sehr kalt.

9

Heute hatte ihn eine Frau so komisch angesehen. Kannte sie ihn? Er konnte sich nicht erinnern, sie vorher schon irgendwo getroffen zu haben. Das wollte allerdings nichts heißen. Sein Kopf hatte einiges vergessen. Der Alkohol lädierte seine Gehirnzellen. Im Grunde war ihm das sehr recht. Es gab da etwas, was für immer daraus verschwinden sollte.

10

Er war zu Hause geblieben. Die U-Bahn fuhr nicht. Es machte also keinen Sinn am Platz zu sein. Es kamen ja keine Fahrgäste. Es war wohl mal wieder an der Zeit, bei Hans vorbei zu schauen. Was blieb ihm anderes übrig. Sein Magen knurrte und Frieda ging es ebenso. Es war

zum Glück Donnerstag. Da war wöchentliche Essensausgabe. Also gut. Sein Weg führte ihn am S-Bahnhof vorbei. So gegen fünfzehn Uhr.
Da sah er schon wieder diese Frau.
Und fühlte sich von ihr erkannt ohne zu wissen, wer sie war. Sie begegneten sich vor dem Discounter. Da wo die anderen am Morgen standen, um die erste Flasche Bier gemeinsam zu leeren. Um das Leben gemeinsam leichter zu ertragen.
Er fand ihren Blick durchdringend. Als ob sie seine innersten Geheimnisse erforschen wollte. Das würde er aber nicht zulassen. Es hatte ihn nun schon etliche Monate gekostet, um das zu verdrängen, was tief in ihm herumbohrte. Also setzte er seine finsterste Miene auf und schritt möglichst desinteressiert aussehend an ihr vorbei.
An der Bushaltestelle stand eine riesige Menschentraube. Na klar, ohne U-Bahn mussten andere Wege gefunden werden, um von Ort zu Ort zu kommen. Er dachte kurz, dass er in seinem alten Leben sehr glücklich über eine solche Situation gewesen wäre und ein glänzendes Geschäft gemacht hätte.

11

Er fühlte sich ausgesprochen mies. Hans meinte, das läge an den vielen Flaschen der letzten Tage. Das war ihm schon klar. Die brauchte er aber ab und an. Wenn alles schier unerträglich wurde und noch nicht einmal Frieda ihn trösten konnte. Es war immer noch besser, sich in einem Taumel zu befinden, als plötzlich an Ereignisse der Vergangenheit denken zu müssen. Wenn der Pegel dann fiel, weil der Stoff alle war, ging es ihm schlecht. So wie heute.

Es hatte alles mit dem erneuten Besuch bei Hans angefangen. Weil diese bescheuerte U-Bahn nicht fuhr, fehlten ihm die Einnahmen. Also brauchte er Hans. Dort hatte er Fred ge-troffen. Den kannte er seit vielen Monaten. Fred wusste Bescheid über ihn. Weil er manchmal im Schlaf redete. Sie übernachteten im letzten Sommer ab und an auf Parkbänken. Fred war schon älter. Und ziemlich fertig mit der Welt. Wenn Fred eine klare Phase hatte, stellte er Fragen. Die konnten sehr unangenehm sein. Zum Beispiel nach dem Sinn des Lebens. Oder noch schlimmer: warum alles so war, wie es war.

Diesmal wollte Fred wissen, wann er wieder zu Ina und Theo gehen würde. Bei der Erwähnung der Namen hatte er wie immer einen dumpfen Schmerz in der Magengegend verspürt. Und den Reflex, auf der Stelle flüchten zu wollen.

"Gar nich mehr, hab' ich dir doch schon tausendmal gesagt!", hatte er geantwortet.

"Dadurch wird's auch nicht besser!", meinte Fred.

Aber auch nicht schlechter, dachte er und machte eine neue Flasche auf.

"Wie soll das denn weiter gehen mit dir?" fragte Fred.

"Mir egal. Lass' mich in Ruhe!"

Das hatte Fred dann auch getan. Er wollte zum Bahnhof Friedrichstraße. Da gab es viele Touristen und der Verdienst war recht ordentlich. Weil Fred mit seinem schlohweißen Bart und dem zahnlosen Lächeln anrührend war. Er hatte diesen besonderen Ausdruck im Gesicht, der die Herzen der Menschen berührte. Weise, lebenserfahren und doch gezeichnet. Da gaben sie gerne. Jedenfalls die, die einen Blick für sowas hatten.

Als er heute morgen erwacht war, musste er

sich übergeben. Wie so oft in diesem Zustand beschloss er, zukünftig nicht mehr so viel zu saufen. Bisher waren seine Beschlüsse jedoch nie von langer Dauer gewesen.

12

Er hatte seit vier Wochen keinen Tropfen getrunken. Das war eine ordentliche Leistung. Wie er das geschafft hatte, wusste er selbst nicht. Vor allem, weil er sich weiterhin in einer schwierigen Phase befand. Lust zu gar nichts. Auch nicht zum Rasieren. Wozu? Ihn sah ja doch niemand an. Diese Zeiten waren lange vorbei. Sein Magen rebellierte trotz eines ordentlichen Frühstücks. Meine Güte. Warum kamen immer wieder diese furchtbaren Gedanken? Die Versuchung, sie weg zu spülen, war groß. Aber er wollte Jeremy nicht mit Fahne begegnen. Das wäre ihm unangenehm gewesen.

Die Magenschmerzen waren etwas besser geworden. Sie kamen und gingen, ohne dass er sie hätte kontrollieren können. Es gab allerdings bestimmte Auslöser. Eine lachende Frau, ein grinsender Junge, ein junges Mädchen. Er war seinem Magen hilflos ausgeliefert. Je mehr er sich vor den Beschwerden fürchtete, desto schlimmer wurden sie. Inzwischen versuchte er einfach, sie hinzunehmen, das schien seinen Magen etwas zu beruhigen. Ansonsten war alles wie immer. Naja...- fast wie immer.

Bene hatte neuerdings eine Braut. So 'ne dünne, blonde Hübsche. Er hatte ihm ein Bild von ihr gezeigt. Sie lachte in die Kamera. Machte eine verführerische Pose. Bene war hin und weg von ihr.

"Du, die is ja sooo süß. Und dieser Arsch. Einfach spitze. Die is' 'ne echte Zehn!"

Was auch immer Bene darunter verstand - er hatte nur noch Augen für die Zehn und kaum mehr Zeit für Bahnhofsbesuche. Brot und Kuchen blieben so gut wie aus.

Jeremy wiederum besuchte ihn inzwischen jeden Nachmittag. Er wurde stets über die neusten Ergebnisse der Klassenarbeiten informiert. Jeremy war ziemlich gut in der Schule. "Ich will meine Eltern nicht enttäuschen, weißt du. Da lerne ich lieber. Is ja auch gar nicht so schwierig. Zur Not frage ich Opa Hermann. Der

wohnt über uns und hat ganz viele Bücher."
Er stellte erneut fest, dass Jeremy viel allein zu
sein schien. Neuerdings brachte der Junge Obst.
"Mama denkt, ich esse das alles selbst. Aber
wer schafft denn bitte drei Äpfel an einem
Tag?"
Dann hatte sich Jeremy noch dafür
entschuldigt, dass er ihm momentan kein Geld
geben könne.
"Ich hab' neulich mal 'ne Drei geschrieben.
Dafür kriege ich zwei Wochen kein
Taschengeld."

13

Er hatte bereits Feierabend und stand wartend
auf dem Bahnsteig. Die S-Bahn würde in zwei
Minuten eintreffen. Plötzlich donnerte ein
landendes Flugzeug über ihn hinweg und
machte einen Höllenlärm. Das ging ihm tierisch
auf den Geist. Es flog so tief über den
S-Bahnhof, dass er Angst bekam.
Was, wenn etwas Unvorhergesehenes
passierte? Manchmal flogen doch Vögel vor die
Windschutzscheibe. Oder die nette Stewardess

lenkte den Flugkapitän ab. Und dann? Wenn die Maschine abstürzte?

Unvorhergesehene Ereignisse konnten einen komplett handlungsunfähig machen und in die Katastrophe führen. Man war ihnen komplett ausgeliefert.

So wie damals.

Er zeigte mit der Faust gen Himmel.

"Scheißflieger. Haut bloß ab. Und nehmt meine schlechten Erinnerungen mit!"

14

Er hatte sie gesehen. Beide. Von weitem. Mit einem fremden Mann mittleren Alters. Gutaussehend. Gepflegt. Sportliches T-Shirt, Jeans. Der Sprung hinter eine Litfaßäule ließ ihn unentdeckt bleiben. Sein Herz schmerzte fürchterlich. Aber da musste er durch. Er hatte es nicht anders verdient. Das war die Strafe, die er sich selbst auferlegt hatte. Er sah lange hinter den Dreien her. Sie erzählten sich etwas und lachten dann. Sie sahen fröhlich aus. Da schmerzte sein Herz noch stärker als sonst.

15

Sein Kopf hämmerte wie verrückt. Er hatte sich komplett gehen lassen. Es ging einfach nicht anders. Der Schmerz war zu heftig gewesen. Er musste ihn doch betäuben, oder? Seine beiden Liebsten hatten mit einem fremden Mann gelacht. Unerträglich!
Natürlich blieb sein tagelanges Totalbesäufnis nicht ohne Konsequenzen. Er hasste sich dafür, dass er immer wieder zur Flasche griff. Aber sie war in schlechten Zeiten wie ein Magnet.
Wenigstens schien die Sonne warm vom Himmel, als er auf einer Parkbank aus seinem Delirium erwachte. Wie er dort hingekommen war, wusste er nicht mehr. Und schwor sich erneut, nie wieder einen Tropfen anzurühren.

16

Er fing langsam an, sich auf Jeremys täglichen Besuch zu freuen.
Das hatte mehrere Gründe.
Erstens glänzte Bene durch Abwesenheit. Der war schwer mit seiner Braut beschäftigt.

Die Zehn hieß Nadja.

"Ey Alter, die is echt 'was besonderes! Da bleib' ich dran!"

Na gut. Er konnte das verstehen. Schließlich hatte es auch in seinem Leben mal eine Frau gegeben, die etwas ganz besonderes war. Aber er hatte es vergeigt. Und nun war alles anders. Grund zwei war die regelmäßige finanzielle Unterstützung durch Jeremy. Es war ihm weiter unangenehm. Trotzdem: er brauchte das Geld. Und Jeremy hatte genug davon. Jedenfalls seit er wieder Taschengeld bekam.

Grund drei spürte er in seinem Herzen. Aber da sollte er auch bleiben. Und zwar in aller Stille. Und ohne weh zu tun. Er hatte sich entschieden und damit basta.

Heute hatte Jeremy ihm von einem neuen Spiel erzählt. Er spielte es mit seinen Klassenkameraden auf dem Schulhof. Irgendwie ging es um Karten. Da waren Monster und andere Kreaturen drauf. Sie hatten unterschiedliche Stärken und Schwächen. Wer in einem Match unterlag, musste seine Karte abgeben.

"Da ist ein Junge aus der Nachbarklasse, der gewinnt fast immer. Er hat schon mindestens zweihundert Karten."

Jeremy war ziemlich frustriert, weil er einige seiner Lieblingsmonster verloren hatte.

"Der Junge ist eigentlich ganz nett, aber wenn er immer gewinnt, ist das doof!"

Er versuchte, seinen jungen Besucher zu trösten, aber der winkte nur ab und zog von dannen.

Naja – es gab wichtigeres auf dieser Welt, oder nicht?

17

Seit neuestem meinte er, eine Stimme zu vernehmen. Das kam ihm komisch vor. Vielleicht wurde er langsam verrückt. Anfangs hatte er versucht, die Stimme durch Kopfschütteln zu verscheuchen. Das war leider komplett zwecklos. Sie meldete sich mit penetranter Kontinuität, ohne dass er etwas Konkretes verstand oder sie einer bekannten Person hätte zuordnen können. Er hatte das Gefühl, dass sie ihm etwas ganz Bestimmtes sagen wollte. Zu seinem Versagen damals. Davor hatte er Angst. Also versuchte er, sich so gut wie möglich ablenken zu lassen. Am liebsten durch Jeremy. Der Kleine erzählte ihm jeden Nachmittag das Neueste aus seinem Schulleben. Es ging weiterhin fast ausschließlich um den Jungen aus der Nachbarklasse, an den er permanent Karten verlor.

"Stell' dir vor. Dreihundert hat der jetzt schon. Und trotzdem habe ich ihn gestern hinter einem Baum stehen und weinen sehen. Er hatte sich dort versteckt, um unbeobachtet zu sein. Ist doch komisch, oder? Warum freut er sich denn nicht über seine vielen Karten?"

Das konnte er Jeremy auch nicht erklären.

18

Die Stimme war wieder da. Er bemühte sich mit aller Kraft sie zu ignorieren. Aber sie wurde immer lauter. Und klarer. Und sie nahm einen vertrauten Klang an.

Diese Stimme hatte vor längerer Zeit schon einmal zu ihm gesprochen. Nur kurz. Aber es war furchtbar gewesen.

Er dachte an den Jungen in Jeremys Nachbarklasse. Wo fand er den nächsten Baum? Um sich dahinter verstecken und weinen zu können.

Hier auf dem U-Bahn-Plateau war es unmöglich. Jeremy war schon ein paar Tage nicht gekommen. Er machte sich langsam Sorgen. Ihm war doch hoffentlich nichts passiert? Sein Herz piekste sehr unangenehm. Es fiel ihm schwer, das Wasser in den Augen zurück zu drängen. Scheißsentimentalität. Die brachte ihn immer wieder in Schwierigkeiten. Kratzte an seinem mühsam aufgebauten Stahlpanzer. Bohrte Löcher hinein. Ließ zeitweilig Emotionen durch, die er sorgfältig verschlossen hatte.

Er versuchte sich zu beruhigen. Vielleicht hatte Jeremy eine Erkältung oder sowas.

Wenigstens schaute Bene jetzt wieder regelmäßiger vorbei. Das freute ihn sehr. Der Grund hierfür war für Bene leider weniger erfreulich.

"Ey Alter, die Weiber sind doch alle gleich. Wollen verwöhnt werden bis zum get no. Und wenn das Geld alle is, sind se weg."

Seine Erfahrungen in dieser Richtung waren anders. Aber Benes Zehn war wohl eine berechnende Schmarotzerin gewesen. Der junge Mann saß wie ein Häufchen Unglück neben ihm.

"Der Fünfer-Gewinn war ziemlich schnell verbraten. Eine Wochenendreise, eine goldene Uhr und ein neues Fahrrad. Dann hat se Schluss gemacht. Finito."

Bene hatte ihm damals freudestrahlend einen Hunni zugesteckt als die Lottozahlen kamen.

"Is doch klar, dass du auch was kriegst – du bringst mir halt Glück!"

Das war neu für ihn gewesen. Sein Hals hatte sich zugeschnürt. Er würde nie so viel Glück bringen können, wie er bereits *Un*glück gebracht hatte.

"Mensch Bene, du findest bestimmt noch die Richtige – die wird anders sein. Wart' ab!"

19

Jeremy war tatsächlich krank gewesen. Eine fiebrige Erkältung hatte ihn erwischt.

"Ich musste eine Woche im Bett bleiben, stell' dir das mal vor!"

Das war leicht. Es hatte eine Zeit in seinem Leben gegeben, da hatte er sein Bett fast zwei Monate nicht mehr verlassen. Ohne Grund. Jedenfalls ohne Krankheitsgrund. Oder besser gesagt: ohne sichtbaren Krankheitsgrund. Er war einfach nicht mehr in der Lage gewesen aufzustehen und sich anzuziehen.

'Rien ne va plus' hatte seine Französischlehrerin früher immer geflötet, wenn die Stunde herum war.

Bei ihm war dann ziemlich lange *gar* nichts mehr gegangen.

Ina hatte viel Geduld mit ihm gehabt. Täglich das Essen ans Bett gebracht und ihn einfach in Ruhe gelassen. Irgendwann wollte sie ihn zu einem Klinikaufenthalt überreden. Aber wozu? Die hätten ihm da auch nicht weiterhelfen können. Er hatte noch keinen Menschen getroffen, der für ihn die Zeit zurück drehen konnte. Für eine zweite Chance. Um alles ungeschehen zu machen. Und überhaupt. Er hatte es gar nicht verdient, dass man ihm half. Und die Liebenswürdigkeit seiner Frau erst recht nicht. Deshalb war er abgehauen. Einfach durchgebrannt. Hatte Ina und Theo im Stich gelassen. Und sich die Birne zugedröhnt. In irgendwelchen Kneipen. Als sein Geld versoffen war, lernte er Fred kennen. Irgendwo auf der Straße. Der nahm ihn mit zu Hans.

"He – schläfst du etwa?"

Er zuckte zusammen. Jeremy hatte ihn in die Seite geboxt.

"Nee. Hab' nur mal kurz nachgedacht."

"Ach so. Und worüber?"

"Nich so wichtig!" erwiederte er so barsch wie möglich, damit Jeremy keine weiteren Fragen stellte.

"Na gut. Wenn du meinst. Ich finde *alles* wichtig, worüber ich nachdenke. Zum Beispiel, wie ich diesem Blödmann aus der Nachbarklasse ein paar von den dreihundert Karten abziehen kann."

Auch wenn er Jeremy inzwischen wirklich gerne mochte – die Sache mit den Karten war ihm scheißegal. Er hatte genug damit zu tun, seine Erinnerungen in ihre Schranken zu weisen. Und Jeremys Anwesenheit half hierbei sowas von überhaupt nicht weiter. Das war schon mal klar. Sie trug eher dazu bei, seine höllischen Schmerzen in der Brustgegend zu verstärken.

"Mensch Kleiner, jetzt zieh' endlich Leine. Bin heute echt schlecht drauf. Tut mir leid."

Wenigstens schaffte er es noch, seinen absolut rüden Tonfall etwas abzumildern. Jeremy verstand.

"Ich muss eh noch mit Opa Herrmann was üben. Hab' viel nachzuholen. Bis morgen dann!"

20

Überall diese Fähnchen. Aus jedem Auto flatter-
ten sie heraus. Oft sogar mehrere. Jeremy kam
mit einem schwarzrotgoldenen Tattoo auf
seinem rechten Unterarm. "Guck mal – hab' ich
selbst gemacht. Hat aber auch nicht geholfen.
Wir haben verloren."
"Ja. Aber doch nur das Endspiel!"
"Verloren ist verloren, sagt Papa immer. Wen
interessiert schon, wer Vizeeuropameister ist?
Nur die Sieger bekommen die Goldmedaillen."
Ihm wurde leicht übel. Solche Sprüche fand er
zum Kotzen. Es konnte schließlich nicht nur
Gewinner geben.
"Auf dem zweite Platz kann man sich
wenigstens noch verbessern."
"Bei den Karten *habe* ich Platz 2. Platz 1 hat der
Junge aus der Nachbarklasse. Dafür hassen ihn
alle. Weil er ihnen ihre Karten abgezogen hat."
"Na siehst'e! Is nich immer alles richtig, was die
Papas sagen."
Oder *tun*, sagte er sich im Stillen. Aber da war
sofort wieder der Schmerz.
"Musst jetzt los, Junge. Ab nach Hause. Wir

sehen uns morgen!"
Jeremy nickte und zog von dannen.

21

Er plagte sich mit Husten, Heiserkeit und
leichtem Fieber. Irgendwo hatte er sich was
weggeholt. Es blieben nur Bett, Ruhe und Tee
ohne Ende. Der war wenigstens preiswert.
Günther ging mit Frieda ums Haus und bekam
dafür Zitronenkuchen. Bene hatte ihm am Tag
vorher zwei komplette Pakete zum Bahnhofs-
standort gebracht. Total lecker. Mit Zuckerguss.
Günther war ganz nett. Er wohnte mit ihm in
einer Fünf-Zimmer-Wohnung. Die anderen drei
Zimmer waren ebenfalls untervermietet.
Er hatte Glück gehabt. Hans kannte den
Vermieter. Der befand sich für längere Zeit im
Ausland. Er hatte ein Herz für Menschen, die zu
Hans kamen und ihm freie Hand bei der
Vergabe der Zimmer gegeben. Deshalb konnte
er dort zu einem erschwinglichen Preis un-
terkommen. Hans hatte ihm auch dabei ge-
holfen, Hartz IV und Wohngeld zu beantragen.
Dazu war er damals alleine nicht in der Lage

gewesen. Alles, was übrig blieb nach Abzug der Miete und eines sehr geringen Betrags für Hundefutter und Lebensmittel, überwies er an Ina und Theo. Es war nicht viel und natürlich brauchte er selbst etwas Geld zum Leben. Aber es war wenigstens eine Kleinigkeit, die er ihnen geben konnte. Wenn er schon abgehauen war. Ina verdiente nicht besonders viel.

Er selbst hatte immerhin seine Einnahmen vom Bahnhof. Außerdem Bene, Hans und Jeremy.

22

Es ging ihm deutlich besser. Der Gang zum Bahnhof war wieder möglich. Am frühen Nachmittag kam Jeremy die U-Bahn-Treppe heruntergehopst.

"Mensch, ich dachte schon, dir ist was passiert...ich war jeden Tag nach dir schauen...".
Das tat ihm gut. Es hatte sich offensichtlich jemand Sorgen um ihn gemacht. Sowas war ihm seit einiger Zeit nicht mehr widerfahren.
"Stell' dir vor, der Jonathan hat mir die Hälfte seiner Karten *geschenkt*!"
Jeremy war deutlich ergriffen.

"Das hätte ich ja nun überhaupt nicht gedacht!"
Er freute sich für seinen jungen Freund.
Geschenke waren etwas sehr Schönes.
Er bekam auch gerne welche. Am liebsten aus
dünnem Papier. Mit rechteckiger Form und Zahlen drauf. Diese Geschenke erleichterten sein
Leben ungemein. Leider waren lange keine Asiaten mehr vorbei gekommen.
"Jonathan meinte, das sei irgendwie besser so.
Und er brauche überhaupt nicht so viele."
"Nanu? Auf einmal?"
"Naja – ich weiß auch nicht. Wir gehen jetzt immer zusammen nach Hause. Er ist wirklich ganz
nett. Trotzdem kommt er mir weiter total traurig vor."

23

Er hatte versucht, seine Ohren fest zu verschließen, aber die Stimme hatte ohne Zweifel seinen
Namen genannt. Und auch etwas formulieren
wollen – aber es war zu undeutlich gewesen. Er
konnte es nicht verstehen. Kurz darauf erschien
Jeremy.
"Jonathan und ich gehen morgen zu Hertha.

Mein Vater hat Freikarten geschenkt bekommen und ich durfte jemanden einladen. Vielleicht heitert ihn das etwas auf. Neulich kamen Jonathan schon wieder die Tränen. Wir gingen gerade über die Straße. Aber es war gar nichts passiert, worüber man weinen musste. Komisch, oder?"

"Manchmal wird man durch manches an manch anderes erinnert. Das tut dann weh."

Sein Inneres sendete mal wieder einen Schmerzimpuls, aber er ignorierte ihn.

"Is nett von dir, dass du diesen Jonathan mitnehmen möchtest..."

"Naja – schliesslich hat er mir doch auch die hundertfünfzig Karten geschenkt."

"Nur deshalb?"

"Nö. Nicht nur. Er hört mir auch immer so schön zu."

24

Diesmal hatte er die Stimme deutlich verstanden. Sie wollte ihm etwas einreden. Das war aber zwecklos. Er hatte seine eigene Auffassung zu diesem Thema. Wer etwas anderes behauptete, lag eindeutig falsch. Er hatte etwas getan, was unverzeihlich war und würde seine Strafe bis zum Lebensende absitzen. Begnadigung oder Entlassung wegen guter Führung? Ausgeschlossen! Und diese Magen- und Herzschmerzen hatte er in vollem Umfang verdient. Basta.

25

Dieser neue Donuts-Stand ließ den ganzen Tag verführerische Düfte über das Plateau wehen. Er hatte ständig Hunger. Oder war es Appetit? Aber die Einnahmen waren eher mäßig gewesen heute. Ein Donat sprengte sein Budget. Irgendein Witzbold hatte ihm einen Gutschein in seine Mütze gelegt, als er gerade nicht hingesehen hatte. Mit dem bekam man einen Iced Coffee und einen Donut nach Wahl. Für 1,30 Euro statt für reguläre 3,50 . Aber auch 1,30 wollten erstmal verdient werden. Außerdem mochte er gar keinen Iced Coffee. Also hatte er den blöden Gutschein weggeworfen. Jeremy war seit ein paar Tagen nicht dagewesen. Er hatte sich ordnungsgemäß abgemeldet.

"Nicht dass du dich wunderst - ich verreise nächste Woche. Meine Eltern waren der Meinung, dass ich in den Sommerferien nicht so viel alleine zu Hause sitzen sollte und haben mir so eine Jungendreise vorgeschlagen. Ich wollte das erst gar nicht. 'Such dir doch einen Freund, den du mitnehmen kannst!', sagte meine Ma.

Sehr lustig! Erstmal einen haben. Dann fiel mir Jonathan ein. Wir gehen jetzt öfter gemeinsam zu Hertha. Mein Vater bekommt weiterhin Freikarten. Und ich finde es langweilig, alleine mit den Freunden meines Vaters dort zu sein. Die sehen mich gar nicht, wenn ich neben ihnen stehe. Deshalb gehe ich nur mit, wenn Jonathan dabei sein darf. Er redet zwar nicht viel, aber das macht nichts. Wir verstehen uns auch so. Als meine Ma wieder mit dieser Reise anfing, sagte ich ihr, es wäre o.k. - aber nur mit Jonathan. Sie klärte dann alles mit seinen Eltern und meldete uns an. Jetzt freue ich mich schon. Wir werden da ein Floß bauen!"

Mann, Mann, Mann! Diese Hitze war unerträglich. Die Sonne knallte ihm aufs Hirn, wenn er zur S-Bahn lief. Und dann diese Fülle in den Zügen. Da bekam man ja kaum noch Luft. Frieda hechelte was das Zeug hielt. Er hatte jetzt immer Wasser dabei und trank aus der Flasche, Frieda schlabberte es dankbar aus ihrer Schüssel.

Jeremy war von seiner Reise zurückgekehrt und hatte ihn sofort besucht. Braungebrannt, in kurzen Hosen und mit vielen Sommersprossen auf der Nase.

"Es war total super. Wir haben ein echtes Floß gebaut. Jonathan wollte zwar nicht mitmachen, aber wenigstens sind wir dann zusammen drauf gefahren. Klasse, sag' ich dir!"

Er stellte verwundert fest, dass er Jeremy tatsächlich vermisst hatte. Und nicht nur ihn, sagte ihm dieser durchdringende Schmerz in seiner Brust.

"Leider ging es Jonathan nicht so gut während der Reise. Er hat viel geheult. Ich weiß aber nicht, warum. Dabei rief ihn seine Mutter jeden Tag an. Er hatte immer sein Handy dabei.

Ausnahmsweise. Das durfte kein anderer von uns. Die Erzieher sagten, dafür gäbe es einen ganz bestimmten Grund. Mehr verrieten sie uns nicht. Und Jonathan wollte nicht darüber reden. Noch nicht mal mit mir. Dabei sind wir inzwischen wirklich Freunde. Ich habe ihn aber auch nicht gefragt."

Jeremy redete weiter wie ein Wasserfall.

Dieser Jonathan schien ein sehr unglückliches Kind zu sein. Wer weiß. Vielleicht hatte er etwas Schlimmes erlebt. Bei diesem Gedanken piekste es wieder in seiner Herzgegend. Und er hörte urplötzlich die nun schon bekannte Stimme deutliche Worte sprechen.

"Du hast keine Schuld!"

Aber darüber konnte er nur verächtlich lachen. Was fiel dieser Stimme eigentlich ein? Er wusste genau, was er getan hatte. Und dafür musste er büßen. Jeremy sah ihn verwundert an.

"Was ist? Wieso lachst du?"

"Nix is. Hab' g'rade an was gedacht. Nix wichtiges!"

"Aha. Und was ist nun?"

"Was soll sein?"

Jeremy verdrehte die Augen.

"Hast du mir nicht zugehört?"

Mist. Die letzte Minute fehlte ihm wohl.
"Wieso?"
"Na – kann ich dich nun mal mit Jonathan
besuchen kommen oder nicht?"
"Von mir aus..."
Er fragte sich nicht zum ersten Mal, ob Jeremys
Eltern überhaupt wussten, wo sich der Kleine
am Nachmittag herumtrieb.

27

Es war noch immer sehr leer auf dem Bahnhof.
Viel weniger Menschen als sonst. Sommerferien
halt. Jeremy war nun auch noch mit seinen
Eltern verreist. Californienrundreise. Amerika zu
Dritt. Was das kostete! Jeremy hatte ihm
mehrmals seine Vorfreude auf diese ganzen
Vergnügungsparks geschildert.
"Stell dir mal vor. Wir zahlen einmal Eintritt und
können dann alles mitmachen".
Das Eintrittsgeld war allerdings so hoch, dass er
davon ohne Probleme einen Monat lang seine
Lebensmittel hätte kaufen können.
Es kam ihm schon wie eine halbe Ewigkeit vor,
dass er den Kleinen nicht mehr gesehen hatte.

Er vermisste ihn. Seit Jeremy in sein Plateau-Leben getreten war, zog es dort nicht mehr ganz so sehr und die Welt sah etwas freundlicher aus. Leider kamen immer wieder diese Erinnerungen. An eine Zeit, in der noch alles gut war. In der er nie gedacht hätte, dass es einmal anders werden könnte. Es war so schön gewesen.

Ina, Theo, er.

Eine glückliche Familie.

Er spürte wieder diese stechenden Schmerzen im Herzen. Die mussten doch irgendwann vergehen, verdammt noch mal!

28

Ha, diese Scheißsommerferien waren bald vorbei. Dann musste Jeremy doch wiederkommen, oder? Hoffentlich hatte er ihn nicht vergessen in diesem supertollen Amerika.

Da, wo alles größer, schöner und besser war.

Da, wo er niemals mehr hinkommen würde.

Sowas konnten sich nur reiche Typen leisten.

Bene meinte, dass Californien gut geeignet sei, um dort eine Bäckerei zu eröffnen. Na toll!

Dann war der auch noch weg. Er fühlte sich allein. Allein mit Frieda auf dem Bahnhofs-Plateau. Es war an der Zeit, mal wieder in das Vergessen abzutauchen. Diese schreckliche Stimme erklang seit einiger Zeit täglich. Sie ließ sich einfach nicht unterdrücken. Immer wieder hörte er 'Du hast keine Schuld'. Aber er glaubte es nicht. Wer oder was auch immer ihm da etwas sagen wollte, lag einfach falsch.

Und dann diese widerlichen Herzbeschwerden. Sie ließen sich einfach nicht verscheuchen.

Er zählte seine Einnahmen. Für eine Taschenflasche mit Billigfusel reichten sie allemal aus. Es waren zur Zeit viele spendable Touristen in der Stadt.

29

Jeremy war endlich wieder da.

"It was so great!" hatte der Kleine ihm als erstes entgegengeschleudert.

"Really?", hatte er geantwortet. Soviel konnte er noch.

"Einfach super. Wir haben uns ganz viel angesehen. Und sind jeden Tag Pommes oder

Burger essen gegangen."

Sein Magen knurrte kurz auf. Erstens wegen seines Hungers, zweitens wegen der Vorstellung von fettigem Fastfoodessen.

"Echt? *Das* haben deine Eltern erlaubt?"

"Mama meinte, das sei nicht so schlimm – waren ja auch nur vier Wochen..."

Und schön bequem, dachte er. Sowas hätte es bei Ina nicht gegeben. Er zuckte zusammen, weil ein stechender Schmerz sein Herz durchbohrte. Verdammt. Blödes Thema.

"Wie war der erste Schultag?"

"Ganz o.k. Wir haben viel erzählt und es gab den neuen Stundenplan. Jonathan und ich sind jetzt in einem Kurs. Wir haben beide das Projekt 'spielen und knobeln' ausgewählt. Natürlich sitzen wir nebeneinander."

"Mhh."

"Nächste Woche wollen wir dich besuchen kommen."

"Wirklich?"

"Ja. Ich habe Jonathan schon viel von dir erzählt."

"So, so...was denn?"

"Na dass du hier jeden Tag sitzt und aufpasst." So konnte man es auch nennen.

"Jonathan will dich unbedingt kennen lernen."
"Mhhh. Sag mal, wissen deine Eltern eigentlich, dass du dich auf dem S-Bahnhof herumtreibst?"
"Nö. Müssen sie auch nicht. Die sind ja eh immer erst am späten Abend zu Hause."
Mann, Mann, Mann! Massenhaft Geld, Aber keine Zeit für's Kind. Traurig. Er dachte an Theo und versuchte sein sich sofort regendes Gefühlsorgan krampfhaft zu ignorieren. Vielleicht war Theo jetzt auch viel alleine. Ina führte gemeinsam mit einer Freundin ein kleines Café in Kreuzberg. Dort hatte er sie kennengelernt. In einer Mittagspause. Ein Kollege hatte von dem besonders leckeren Suppenangebot erzählt. Jeden Tag eine andere. Immer frisch. Und mit fröhlichem Lachen serviert. Da schmeckte die Suppe nochmal so gut. Er war jeden Tag dort gewesen. Nach zwei Wochen lud er Ina auf ein Bier im Golgatha ein und zeigte ihr den Sternenhimmel über dem Kreuzberg. Am nächsten Tag waren sie ein Paar.
"He!"
Er zuckte zusammen.
"Was?"
"Bist du nächste Woche hier?"
"Weiß noch nicht."

"Na gut. Wir werden es ja sehen. Muss jetzt.
Tschüss!"

30

Er hatte eine neue verlässliche Einnahmequelle.
Diese Frau kam jeden Dienstag. Warf ihm immer zwei Euro ins Töpfchen. Mit ausdrucksloser
Miene. In teuren Klamotten. Er fand das merk-
würdig. Aber seine Situation erlaubte kein Hin-
terfragen. Sie kam ihm entfernt bekannt vor. Vi-
elleicht hatte er in seinem letzten Leben mit ihr
zu tun gehabt. Da gab es viele Gesichter. Kurze
Momentaufnahmen.
"Einmal zum Flughafen bitte."
"Welchem?"
"Na! Tegel natürlich!"
Natürlich! Natürlich *nicht* Schönefeld! Und na-
türlich stand es den Leuten auf die Stirn
geschrieben, wohin sie wollten. Mann, Mann,
Mann!
Aber es hatte auch Nette gegeben.
"Vielen Dank für das schnelle Kommen und
Fahren. Hier – gehen Sie mal mit ihren Lieben
essen."

Und es reichte für weit mehr als drei Curry-würste. Ina und Theo hatten sich sehr gefreut, als er sie in ihre Lieblingstrattoria für besondere Anlässe ausgeführt hatte.

Verflixt. Da waren sie wieder, seine Herz-schmerzen. Schlimmer als in den letzten Tagen. Fast unerträglich.

31

Er sah nur weiß über sich. Und ein grau-sil-bernes Gitter. Wo war er? Und wieso piepte es um ihn herum? Er konnte sich nicht bewegen. Was war passiert? Sein Kopf war völlig leer. Ihm fiel noch nicht einmal sein Name ein. Die Sonne schien ihm direkt auf die Nase. Eine Frau kam ins Zimmer. Schon wieder dieses Weiß. Sie ging zum Fenster und ließ die Jalousie herunter. Er war ihr dankbar dafür.

32

Eine schöne Frau beugte sich über ihn.

Er kannte sie. Gut. Und lange. Aber ihr Name?
Sie blickte ihn traurig an. Strich ihm über die
Wange. Was für ein wunderbarer Traum. Bloß
nicht aufwachen. Das Gesicht verschwand
wieder. Stattdessen schob sich ein schwarzer
Bart in sein Blickfeld. Mit weißem Kittel darunter.

"Die Pupillen reagieren inzwischen."

Redete der Mann über ihn? Er konnte sich noch
immer nicht bewegen.

"Geh' ruhig zu ihm. Er kann dich bestimmt
sehen und hören."

Ein Jungengesicht. Das kannte er auch. Aber
woher? Und wieso kamen ihm plötzlich Tränen?

"Tränenflüssigkeit. Ein gutes Zeichen. Passiert
nicht oft bei einem Log-in-Syndrom".

Das waren die letzten Worte, die er hörte,
bevor ihm die Augen wieder zufielen und er ins
Traumland abtauchte.

33

Da war wieder das Gesicht der schönen Frau.
„Mensch Eddie, du machst vielleicht Sachen!"

Eddie. Aha. Das war also sein Name. Plötzlich kamen Erinnerungen.

„Eddie, Wir sind sehr stolz auf dich. Du hast das Abitur bestanden", sagten seine Eltern.

Naja – mit Ach und Krach. Aber immerhin. Und dann hatte er nicht gewusst, wie es weitergehen sollte. Um nicht auf der Straße zu hängen, ging er zur Uni. Studierte Mathe auf Lehramt. Und Sport. Im Referendariat machten die Schüler nicht das, was er wollte. Die Bande tanzte ihm regelmäßig auf der Nase herum. Ohne jeden Respekt. Sein Mentor riet ihm, etwas autoritärer aufzutreten. Aber das konnte er nicht. Also brach er sein Studium ab und tat das, was er bisher nur als Nebenjob betrieben hatte. Er wurde Taxifahrer.

„Eddie! Erkennst du mich? Dann zwinker doch mal! Ich bin's! Ina!"

Er versuchte, die Augenlieder zu bewegen.

„Dr. Meinhold! Er zuckt!"

Das war aber leider auch schon alles, was er bieten konnte.

„Ja, Frau Brenner. Er wird sie hören. Vielleicht erkennt er auch ihre Stimme."

Natürlich tat er das. Und spürte eine große innere Wärme. SIE WAR DOCH SEINE FRAU!

Wieder Erinnerungen. Eine Kirche. Ein weißes Kleid. Dunkelblaue Augen. Ein Lächeln, das niemand sonst hatte.

„Wir haben uns lange nicht gesehen. Vielleicht hat er mich vergessen."

Hallo? Wieso das denn? Was redete Ina da? Weshalb sollte er seine geliebte Frau vergessen haben? Und wo war Theo? Sein Ein und Alles?

„Eddie! Kannst du mich verstehen? Meine Güte! Er liegt einfach nur da! Wie soll ich das unserem Sohn erklären? Es war sowieso nicht leicht für ihn in den letzten Jahren. Und nun das!"

Bevor Eddie weitere Gedanken fassen konnte, raffte ihn die Müdigkeit dahin.

34

Er wurde wach, weil er Stimmen hörte.

"Mensch Jeremy, jetzt komm' doch endlich. Bringt doch nix. Er schläft. Müssen wir ein anderes Mal wiederkommen."

"Ja. Schade. Aber du hast recht. Lass' es uns übermorgen nochmal versuchen. Nach der Schule. Da haben wir zusammen Unterricht in der letzten Stunde."

Mit größter Konzentration öffnete er die Augen. Sah die weiße Decke über sich. Und die Neonlampe mit dem nun schon so wohlvertrauten silbernen Abdeckgitter davor. Den Kopf konnte er noch immer nicht bewegen. Jeremy. Diesen Namen kannte er irgendwoher.

Erinnerungsblitze. U-Bahnhof. Frieda. Decke. Viele Menschen. Und ein Junge in kurzen Hosen. Mit blonden Haaren.

Er hörte die Zimmertür klappen.

Halt! Schrie er.

Aber es kam nichts aus seinem Mund.

Verdammt.

35

"Guten Morgen, Herr Brenner! Sie haben Besuch!"

Er tauchte aus dem Traumland auf und öffnete die Augen. Seit neustem konnte er ein winziges Stück den Kopf nach links und rechts drehen.

"Er schaut mich an!"

Das war doch Theo. Er sah so anders aus als sonst. Wo war sein kleiner Theo geblieben?

"Papa! Sag' doch 'was!"

Tja. Hätte er gerne. Zum Beispiel: 'Theo! Schön, dich zu sehen!' Aber es ging nicht. Inzwischen hatten sie ihm gesagt, dass es noch lange dauern könnte, bis er sich wieder bewegen und sprechen würde. Aussichtslos sei es nicht – aber er müsse Geduld haben. Die OP mit den beiden Stents sei zwar reine Routine gewesen, habe ihn aber zusätzlich geschwächt.

"Er zwinkert mir zu. Mama! Er zwinkert mir zu!"

"Jetzt habe ich es auch gesehen, Theo. Wie schön. Vielleicht wird doch noch alles gut."

"Kommt Papa wieder zu uns zurück?"

Selbstverständlich würde er zu seiner Familie zurückkehren, sobald es ging. Das musste seinem Theo doch klar sein.

"Das weiß ich nicht, mein Schatz. Das müssen wir Papa fragen, wenn er uns irgendwann eine Antwort darauf geben kann."

JA! Wollte er schreien. Aber kein Laut kam über seine Lippen. Mann!

"Mama! Jetzt zwinkert Papa ganz doll!"

Wenn er sich nicht verbal verständigen konnte, musste er eben seine Augen sprechen lassen.

"Jetzt sehe ich es auch. Ob er uns etwas sagen möchte?"

"Bestimmt. Mama – ich habe ihn so vermisst. Warum war er so viele Monate weg?"

Viele Monate? Der Arzt hatte ihm gesagt, dass er seit ein paar Wochen im Krankenhaus sei. Wo war er denn vorher gewesen? Nicht bei seiner Familie? Das konnte er sich nicht vorstellen. Er strengte sich an, aber die letzte Zeit schien komplett aus seinem Gehirn gelöscht worden zu sein. Was war bloß passiert?

"Das wüsste ich auch gerne, Theo. Aber auch das kann er uns nur selbst erklären."

36

Er hörte zwei Stimmen. Kinderstimmen.

"Jeremy?"

"Ja?"

"Ich habe den Mann schon mal gesehen."

"Vielleicht beim U-Bahn-Fahren?"

"Nein. Ich fahre doch gar nicht U-Bahn. Wir haben ein Auto."

"Vielleicht wohnt er in deiner Nähe."

"Mhmh."

"Jonathan?"

"Ja?"

"Du bist ja plötzlich so ernst."

"Quatsch."

"Klar!"

"Kommt dir nur so vor."

"Kommt es nicht. Woher kennst du Eddie?"

"Ach - hab' mich geirrt, glaub' ich."

"Wie jetzt? Eben warst du noch ganz sicher, oder?"

"Nee!"

"Jonathan!"

"Ja?"

"Jetzt läuft dir eine Träne die Wange runter."

"Quatsch!"

"Doch!"

"Komm, wir gehen, Jeremy. Er schläft ja auch noch immer."

Das stimmte nicht. Aber er war zu k.o., um die Augen zu öffnen.

37

Er spürte, dass jemand auf seiner Bettkante saß. Vorsichtig öffnete er die Augen. Schon wieder ein bekanntes Gesicht. Aber wer war es? Sein Herz begann plötzlich unruhig zu werden. Es war kein gutes Erinnerungsgefühl, was da hochstieg. Das Gesicht sah ihn ernst an. Als er zwinkerte, zuckte der Junge vor ihm zusammen und sprang auf. Kurz schien es, als ob er etwas sagen wollte. Aber dann schüttelte er den Kopf und rannte aus dem Zimmer.

38

"Meine Eltern haben mich gestern gefragt, warum ich am Nachmittag nicht ans Telefon gegangen bin."
Er hörte Jeremy's Stimme, ließ die Augen aber geschlossen. Die Nacht war unruhig gewesen und in seinem Körper steckte unendliche Müdigkeit.
"Und was hast du gesagt?"
"Dass ich bei dir war."
"Hoffentlich prüfen sie das nicht mal nach."
"Ach was. Außerdem ist es doch auch gar nicht ganz gelogen."
Er linste vorsichtig durch die halbgeschlossenen Lider. Jeremy saß mit dem Rücken zu ihm auf seinem Bett. Neben ihm ein anderer Junge. Und zwar der von neulich. Er erkannte ihn an den

dunklen, lockigen Haaren.

"Danke übrigens, dass du immer mitkommst!"

"Is o.k."

"War ziemlich schlimm neulich, auf dem Bahnhof, nich?"

"Hmmm."

"Gut, dass du dein Handy dabei hattest."

"Ja."

"Sonst wäre die Feuerwehr vielleicht nicht mehr rechtzeitig gekommen. Der Mann mit dem Beatmungsgerät hat gesagt, dass da wohl mehrere Schutzengel unterwegs gewesen sein müssen."

"Hmmm."

"Ich versteh' überhaupt nicht, weshalb das alles passiert ist. Es hat Eddie doch sonst nicht so aufgeregt, wenn ich ihn besucht habe. Aber diesmal war er total anders, als er uns sah. Dabei wollte ich ihn dir nur vorstellen. Er ist sehr nett, weißt du... Ich hatte große Angst, als er plötzlich umgefallen ist."

"Ich auch."

"Jonathan?"

"Ja?"

"Du bist schon wieder so ernst."

Das fand er auch. Man hörte es an der

Stimmlage des Jungen. Außerdem saß er mit vollkommen herabhängenden Schultern und gesenktem Kopf neben Jeremy. Aber wovon erzählten die beiden da eigentlich?

"Bin ich immer."

"Warum?"

"Is eben so."

"Ist dir inzwischen eingefallen, woher du Eddie kennst?"

"Ich kenne ihn nicht. War ein Irrtum. Hab' ich dir doch gesagt!"

"Wollen wir morgen wieder herkommen?"

"Nee. Kann morgen nicht."

"Gut. Dann eben übermorgen."

39

Diese Schwester in Weiß war die personifizierte gute Laune.

"Naaa? Haben wir prima geschlafen, Herr Brenner?"

Woher sollte er denn wissen, wie *sie* geschlafen hatte? Seine Nacht war o.k. gewesen. Daher hob er den Daumen leicht nach oben. Das ging inzwischen ganz gut.

"Oh. Wir machen Fortschritte und können Zeichen geben", strahlte sie, "dann wird auch bald unsere Stimme wieder da sein."

Ihr Optimusmus nervte ihn. Er hatte keine Ahnung, wie um alles in der Welt er jemals wieder ein Wort über die Lippen bringen sollte.

"Wir müssen nur noch ein bisschen Geduld haben."

Er hasste dieses Wort. Also: Daumen nach unten. Sie lachte.

"Ah. Ich verstehe. Wer hat schon Geduld. Wir nicht, was? Bis morgen!"

Damit verließ sie das Zimmer und überließ ihn seinen Gedanken. Die drehten sich um das gestrige Gespräch von Jeremy und seinem Freund. Woher kannte er ihn? Warum war dieser Jonathan bloß so traurig? Und wen hatten sie da auf einem Bahnhof besucht? Verdammt! Warum konnte er noch keine Fragen stellen? Und warum erzählte ihm niemand das, was er wissen wollte? Er sah aus dem offenen Fenster. Der Regen pladderte laut auf das darunter liegende Vordach der Klinik. Es schüttete aus Kannen. Deshalb hörte er auch nicht, dass jemand leise die Tür öffnete und eintrat. Als er den Kopf nach längerer Zeit wieder zur Mitte drehte, schaute er direkt in die Augen von Jonathan. Und plötzlich wusste er, weshalb ihm dieses Gesicht so bekannt vorgekommen war. Sein Herz begann zu schmerzen. Gerade als er meinte, es nicht mehr aushalten zu können, hörte er ein Flüstern:

"Es tut mir leid. Es tut mir sooo leid. Es ist alles meine Schuld."

"Nein!", antwortete er zu seiner eigenen Überraschung laut und deutlich.

40

Seit Neustem war es ihm möglich, seine rechte Hand zu bewegen. Und einzelne kurze Worte zu sprechen. Das "Nein" war der Durchbruch gewesen. Es war ihm so wichtig gewesen, dass es einfach herauskommen *musste*. Der Kleine hatte so verzweifelt ausgesehen. Er wollte wenigstens ihn von seinem großen Schuldgefühl befreien. Auch wenn sein eigenes davon nicht verschwand.

Jonathan hatte ihn nach seiner Reaktion völlig entgeistert angesehen und war dann aus dem Zimmer gerannt. Am nächsten Tag kam Jeremy.

Alleine.

"Eddie! Jonathan hat mir heute in der Schule erzählt, dass er dich kennt. Und seine ganze traurige Geschichte."

Er blinzelte mit den Augen. Erstens um seinen jungen Freund zu begrüßen, zweitens um die Tränen zurück zu halten. Denn er war Teil dieser traurigen Geschichte. Als Jonathan an seinem Bett gestanden hatte, waren von einem Moment zum anderen alle seine Erinnerungen wiedergekommen. An diesen einen furchtbaren Tag. Der alles in seinem Leben verändert hatte. Er war mit seinem Taxi unterwegs gewesen. Weil der Fahrgast dringend zu einem Meeting musste, fuhr er fünfundsechzig. Statt der erlaubten fünfzig. Er sah die Schulkinder den Bürgersteig entlang laufen. Viele. In Gruppen, zu zweit, allein. Sie lachten und gestikulierten. Von weitem nahte der entgegen kommende Bus. Ebenfalls noch weit entfernt ging ein Junge von rechts nach links über die Straße. Kurz bevor er auf der anderen Straßenseite angelangt war, stolperte er plötzlich und fiel hin. Auf die Gegenfahrbahn. Er dachte noch, dass es knapp werden könnte mit dem Bus und trat auf die Bremse. Aber er war trotzdem zu schnell für das

Mädchen, das aus einer Parklücke von rechts hervorsprang, um dem Jungen zu helfen.

Dass der Bus zum Stehen kam, nahm er nur noch undeutlich wahr. Eben so, dass der Junge sich rechtzeitig auf dem Bürgersteig in Sicherheit bringen konnte und von dortaus hilflos, mit schreckgeweiteten Augen, das sich abspielende Szenario auf der Fahrbahn mitverfolgen musste. Er befand sich in einem Alptraum, bei dem ein Aufwachen nicht möglich war. Das Mädchen rannte ihm direkt vor den Wagen. Das Geräusch ihres Aufpralls würde er nie mehr vergessen können. Sie wurde über die Insassenkabine hinweggeschleudert und blieb leblos hinter ihm auf der Straße liegen. Er sah sie im Rückspiegel, als das Auto zum Stillstand gekommen war. Stieg sofort aus. Rannte zu ihr. Nahm sie vorsichtig in seine Arme. Sie sah ihn an als sie starb. Ihre letzten Worte waren: "Was ist mit meinem Bruder?"

Sie hatten ihm gesagt, dass es wie ein Wunder war. Ein vorgezogenes Weihnachtswunder sozusagen. Seine Sprache war fast vollständig zu ihm zurück gekehrt. Sämtliche Erinnerungen ebenfalls. Gerade als er den letzten Rest seines Abendbrotes vertilgt hatte, klopfte es. Ein Blondschopf schob seinen Kopf vorsichtig durch die sich öffnende Tür.

"Darf ich?"

"Ja. Komm rein."

Jeremy setzte sich auf sein Bett.

"Wie geht es dir?"

"Besser."

"Jonathan hat gesagt, dass er dich sofort erkannt hat, als wir auf dem Bahnhof ankamen."

"Hmm."

Das glaubte er gerne. Ihm war es ja genauso gegangen. Deshalb hatte sein Herz durchgedreht. Der stechende Schmerz war so stark gewesen, dass er das Bewusstsein verloren hatte.

"Er hat große Angst gehabt, dass du nun auch noch stirbst. Wegen ihm. Weil du ihn gesehen hast."

"Verstehe."

"Und sehr geweint, als er mir von dem Unfall erzählte."

Er merkte, wie sich auch seine Kehle zuschnürte.

"Jonathan denkt, dass seine Schwester nur wegen ihm tot ist."

Das stimmte natürlich nicht.

"Er traut sich nicht her."

"Bitte bring' ihn doch wieder mit", sagte er mit rauher Stimme.

42

Jeremy schaffte es tatsächlich, seinen Freund zu einem weiteren Krankenhausbesuch zu überreden. In der Woche vor Weihnachten. Jonathan wurde von ihm sanft durch die Tür geschoben, als er auf der Schwelle stehen bleiben wollte.

"Es tut mir so leid. Ich habe genau geschaut. Nach links und rechts. Und wieder nach links. So wie sie es mir immer vorgemacht hat. Es war alles frei. Dann war da ein Loch in der Straße. Ich bin gestolpert. Aber dafür konnte ich doch nichts. Und der Bus hat ja auch gehalten. Sie hat immer auf mich aufgepasst. Immer. Und gesagt, dass ich nicht so weit vorlaufen soll. Aber ich wollte nicht mit ihren Freundinnen gehen. Warum bin ich nicht bei ihr geblieben."

Jonathan rannten unaufhörlich die Tränen herunter, während er sprach.

"Jonathan. Du hast keine Schuld", sagte er und ihm fiel die Stimme ein, die er eine Zeit lang zu hören geglaubt hatte. "Es war einfach ein ganz schlimmer Unfall."

"Ja. Und *Du* kannst auch nichts dafür, Eddie – oder?"

Jeremy sah ihn bei seinen Worten an.

"Doch. Ich bin zu schnell gefahren."

Aber plötzlich erinnerte er sich daran, dass das, was er immer angenommen hatte, gar nicht stimmte. Denn er war trotz des Zeitdrucks seines Fahrgastes vom Gas gegangen, als er die ganzen Schüler den Weg zur U-Bahn hochlaufen sah. Weil er an Theo gedacht hatte. Der zu sehr spontanen Aktionen neigte. Und auch schon un- vermutet losgerannt war, ohne darüber nachzudenken, was um ihn herum passierte. Aber das Langsamerwerden hatte er tatsächlich verdrängt. Ebenso, dass noch nicht einmal ein Verfahren wegen Fahrlässigkeit gegen ihn eingeleitet worden war. Weil er eben einfach vorschriftsmäßig gefahren war.

Der Schock damals war wie ein riesiger Radiergummi gewesen. Er hatte alles ausgelöscht, was seine Schuldgefühle auch nur annähernd gemindert hätte. Sein Trauma war so stark gewesen, dass es eine objektive Betrachtung des Vorfalls unmöglich gemacht hatte.

Nun war das offensichtlich anders.

Warum auch immer.

Er war sehr froh darüber. Und dankbar. Vielleicht konnte er nun ein ganz kleines bisschen helfen, jemand anderen etwas weniger unglücklich sein zu lassen, indem er ihm wenigstens einen Teil seiner schweren Last abnahm. Das schreckliche Gefühl, den Tod der Schwester verursacht zu haben.

"Ich bin auf jeden Fall noch immer zu schnell gefahren, Jonathan. Vor allem war ich zur falschen Zeit am falschen Ort. Sonst würde deine Schwester noch leben."

Die Reaktion des Jungen zeigte ihm, dass er genau das Richtige getan hatte.

"Und - Jonathan?"

"Ja?"

"Danke, dass du neulich die Feuerwehr gerufen

hast. Das hätte sonst böse enden können für mich. Du hast mir dadurch das Leben gerettet." Und da ging zum ersten Mal seit fast drei Jahren ein Strahlen über Jonathans Gesicht.

43

Einen Tag vor Weihnachten hatten sie ihn aus dem Krankenhaus entlassen. Ina und Theo holten ihn ab. Sie fuhren in sein altes Zuhause. Er freute sich unbändig, weil er wieder bei ihnen war. Dieses schmerzliche Gefühl des Vermissens war endlich vorbei. Theo war so groß geworden. Er war sehr stolz auf seinen Sohn. Sie hatten viel miteinander geredet. Er wusste nicht, ob Theo wirklich verstanden hatte, warum er seine Familie für längere Zeit alleine gelassen hatte. Aber es schien ihm egal zu sein. "Papa, Hauptsache, du bist wieder da!"
"Ist alles o.k. mit dir?", fragte Ina, ihn vorsichtig anblickend.
"Alles gut."
Und das stimmte. Jedenfalls zu großen Teilen. Die Sache mit Jonathan hatte etwas in ihm bewirkt. Er fühlte sich nicht mehr ganz so

schlecht wie die Jahre zuvor. Natürlich würde er den Unfall niemals vergessen können. Aber es war ihm bewusst geworden, dass er sich zu viel Schuld aufgeladen hatte. Das erleichterte ihn etwas und machte es zumindest erträglicher. Er musste sich nicht mehr bestrafen und büßen. Auf sein eigenes Glück verzichten, weil er ein anderes zerstört hatte. Er wollte wieder normal leben. Mit seiner Familie. Ob er je wieder ein Auto fahren würde, war erstmal egal. Er würde sich nach einem neuen Job umsehen. Und er hoffte, dass Ina ihm sein langes Abtauchen verzeihen würde.

"Wer war eigentlich der Mann, mit dem ich euch damals gesehen habe?"

"Welcher Mann?"

"Ihr habt zusammen gelacht. Zu dritt. Am S-Bahnhof."

"An welchem S-Bahnhof?"

"Na Sonnenallee!"

Er wurde langsam etwas ungeduldig. Mann! Das musste sie doch noch wissen. Oder? Hatte es da so viele Männer gegeben?

"Ach so. Das war Miles. Aus Kanada. Ein Freund meiner Kollegin Rhena. Er war ein paar Tage zu Besuch."

"Mhh."

Ob das wirklich stimmte? Aber warum sollte Ina ihn anlügen? Und selbst wenn da mal was gewesen war mit diesem Typen – schließlich hatte *er* sie verlassen. Sie war ihm überhaupt keine Rechenschaft schuldig.

"Ich habe ihm damals einiges von Berlin gezeigt, wenn Rhena im Laden zu tun hatte. Er hat im Estrel gewohnt. Wahrscheinlich waren wir gerade auf dem Weg dorthin."

Das klang irgendwie plausibel. Und er *wollte* es auch glauben.

Ina sah ihn nachdenklich an. Ihre blauen Augen durchleuchteten seine Gedanken.

"Es gab da niemanden nach dir."

Was für wunderbare Worte. Von einer ebensolchen Frau. Er würde von nun an alles für sie tun. Sie nie mehr verlassen. Was auch immer kommen würde. Und darauf hoffen, dass sie auch wieder mit *ihm* lachen würde. So wie damals mit Miles. Das war sein Ziel. Eines von vielen. Es würde ein längerer Weg werden. Sie mussten sich erst wieder vorsichtig finden. Aber er hatte ein gutes Gefühl.

- Ende -

<u>Nachwort der Autorin</u>

Es gibt viele Menschen auf den Bahnhöfen von
Berlin.
Die meisten sind dort nur auf Durchlaufstation.
Fahren zur Arbeit oder nach Hause, gehen auf
Reisen, besuchen Freunde, nehmen Termine
wahr, und, und, und…
Einige aber haben dort einen Ort gefunden, wo
es warm ist. Wo sie gesehen werden. Wo sie
vielleicht auf eine kleine Spende hoffen dürfen.

Vor vielen Jahren hatte ich mir selbst die Auf-
gabe gestellt, den Mann vom S-Bahnhof
Tempelhof nach seiner Geschichte zu fragen.
Was wohl ein Mensch erlebt haben muss, der
dort Tag für Tag mit seinem Hund auf dem
Zwischenplateau zwischen S- und U-Bahn auf
seiner Decke sitzt?
Geduldig darauf wartend, dass vorbeieilende
Fahrgäste etwas Geld in die bereitgestellte
Mütze werfen?
Leider habe ich es bis heute nicht über mich ge-
bracht, meine Aufgabe zu erfüllen.
Ab und an gab ich dem Mann eine kleine
Spende.

Mehr ging nicht.

Mir fehlte einfach der Mut ihn anzusprechen.

Obwohl ich auf dem Weg vom Büro nach Hause oft die Gelegenheit dazu gehabt hätte.

Jahrelang.

Denn der Mann sitzt dort mindestens seit 2008.

Irgendwann gab ich ihm einen Namen, ließ meiner Phantasie freien Lauf und erfand die Gründe für sein Bahnhofsdasein.

Ohne jeden Anhaltspunkt oder Hinweis von ihm. Auf dem Papier war es leicht, Eddie ein Happy-End zu verpassen und seine Welt wieder schöner und positiver zu gestalten - aus dem Wunsch heraus, dass das Leben auf dem Bahnhof für Menschen wie Eddie nur eine Übergangslösung sein möge.

Die Realität sieht leider anders aus.

Eddie sitzt noch immer auf seinem Plateau.

Manchmal mit langen Abwesenheitszeiten.

Immer wenn ich befürchtete, ihn nie wieder zu sehen, ist er bisher wieder aufgetaucht. Mit Decke und Hund.

Für mich ist Eddie ein Mahnmal.
Er steht für Menschen, die aufgrund ihrer Lebensumstände in eine unfreiwillige Schieflage geraten sind. An der die allermeisten von ihnen etwas ändern möchten, es aber aus welchen Gründen auch immer nicht schaffen.
Gleichzeitig löst Eddie bei mir ein Gefühl großer Dankbarkeit über mein eigenes Leben aus.
Es ist eben <u>nicht</u> selbstverständlich, ein Dach über dem Kopf und genug zu essen zu haben. Und erst recht nicht, eine Familie und Freunde zu haben, die mein Leben bereichern und in Notsituationen für mich da sind.

Die Eddies dieser Welt sind ein Teil unserer Gesellschaft und Menschen wie Du und ich.
Sie verdienen – wie wir alle - Beachtung, Respekt und Freundlichkeit.

Hinweis:
Die Berliner Obdachlosenhilfe e.V. engagiert sich beispielhaft für Menschen auf der Straße und benötigt für ihre wertvolle und wichtige Arbeit Sach- und Geldspenden. Mehr unter:
http://www.berliner-obdachlosenhilfe.de